Text und Idee: Ulf Blanck
Cover- und Innenillustrationen: Kim Schmidt, Dollerup
Umschlaggestaltung und Satz: Walter Typografie & Grafik GmbH, Würzburg

Unser gesamtes lieferbares Programm und viele weitere
Informationen zu unseren Büchern, Spielen,
Experimentierkästen, DVDs, Autoren und Aktivitäten
findest du unter **kosmos.de**

MIX
Papier aus verantwor-
tungsvollen Quellen
FSC® C004592

Gedruckt auf chlorfrei gebleichtem Papier.

© 2014, Franckh-Kosmos Verlags-GmbH & Co. KG, Stuttgart
Alle Rechte vorbehalten.
ISBN 978-3-440-12633-2
Redaktion: Ulrike Leistenschneider
Produktion: Verena Schmynec
Printed in Germany / Imprimé en Allemagne

Kim Schmidt und Ulf Blanck
(Zeichner)   (Text und Idee)

KOSMOS

4

5

Da kommen deine Freunde!

Hi, Just!

Da sind wir!

Ich hole euch noch Teller!

?!

Gibt's Kirsch-kuchen?

Schicker Schlafanzug, Just!

Also: Warum sollten wir so früh herkommen?

Und das am ersten Ferientag?

Werden wir gleich erfahren! Onkel Titus hat gesagt, er hätte einen Job für uns!

Titus, hier platzt alles aus den Nähten. Und du schleppst noch mehr Schrott an!

Mathilda! Das ist kein Schrott, das sind Wertstoffe!

Mir egal! Hauptsache, es kommt weg!

Äh...

Nun zeig schon endlich, was du da alles hast!

Das sind sagenhafte Funde! Ich habe sie heute Morgen ersteigert!

Ersteigert?

Ja! Einmal im Jahr werden von der Stadt alle Fundsachen an den Höchstbietenden verkauft.

Die Leute kommen dafür von weit her! Richtige Schätze können dabei sein!

Schätze?

13

24

Wir brauchen Taucherbrillen!

Eine ganze Taucherausrüstung mit Pressluftflaschen!

Ein U-Boot!

Moin, Jungs!

? ? ?

Was'n los? Sprache verschlagen?

Ihr seht ja aus, als ob ihr ein Seeungeheuer getroffen hättet!

ÄH _
Ahoi!

Ahoi, Matrosen!

Keine Bange! Ich bin Jasper. Seht ihr den Leuchtturm da drüben auf der Insel? Da bin ich der Leuchtturm- wärter.

Besser gesagt, der ehemalige Leuchtturmwärter. Jetzt geht ja alles automatisch und ich hab mich zur Ruhe gesetzt.

Ihr habt mit eurem Geplansche die ganzen Fische verjagt!

ÄH ...
das wollten wir nicht!

Mach dir
keinen Kopf,
mein Junge!

Ich mag
eigentlich gar
keinen Fisch und
halte die Angel nur
aus Langeweile
ins Meer!

HI HI HI

Und wer wohnt
jetzt dort?

Niemand. Ich war der Letzte.
Viele Leuchtturmwärter haben
dort vor mir gewohnt.

Jetzt
ist alles leer
im Leuchtturm-
wärterhaus.
Meine Klamotten
sind schon
rausgeräumt.

Und das Zeug
von meinen
Vorgängern habe
ich der Stadt
geschenkt.

Interessant!

33

Was ist passiert?

Einbrecher! Am helllichten Tag!

Hinten haben Gangster ein Fenster aufgebrochen!

Wurde was gestohlen?

Ja! Ein Koffer, den ich vorhin ersteigert habe!

Ich werde einen Bericht schreiben!

Und wir werden uns mal hinter dem Laden umsehen!

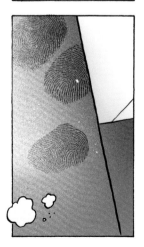

Es wurden sage und schreibe drei weitere Einbrüche gemeldet!

Alle hier? In Rocky Beach?

Ja. Überall wurde immer nur ein Koffer gestohlen!

Und ich wette, es waren nur Koffer aus der Versteigerung!

Ja, stimmt!

Woher weißt du das?

Weil dahinter ein System steckt!

Jemand will anscheinend alle Koffer an sich reißen!

Unglaublich! Bei Hopkins, Miller und Farmer wurde soeben eingebrochen!

Und davor bei Onkel Titus und Mister Porter!

Alle anderen Koffer hat ein Unbekannter ersteigert!

Bleibt nur noch einer übrig ...

HM ...

... bei dem nicht eingebrochen wurde:

HM?

GIOVANNI!!!

AHA?

Und genau dort wird der Täter als Nächstes zuschlagen!

Wir müssen sofort zu Giovannis Eiscafé!

ÖH ...

Unglaubliche Geschichte!
Ich werde einen Bericht schreiben!

Buon Giorno, Bambini! Tute mir leid, heute gibte nix Eis! Ich mache Feierabend!

Was ist passiert?

Was iste passiert?

ÜBERFALL!

Man hate mir auf Kopf geklopft!

Und ich wette, Ihr ersteigerter Koffer wurde auch geklaut, oder?

HÄ? Woher weiße das?

Haben Sie den Täter erkannt?

Nixe erkannt. Ginge alles viel zu schnell!

Das Schiff auf der Zeichnung!

Es ist eine Art Tagebucheintrag!

Ja! Und das Schiff heißt „Santa Lucia"!

Am 13. Mai 1886 muss etwas passiert sein!

Vielleicht ist das Schiff an dem Tag gesunken?

Gut möglich! Die Santa Lucia hatte demnach Tabak und Wein an Bord.

Seltsam!

Entschuldigt, wenn ich unterbreche ...

... mache jetzte Feierabend. Schönes Schiff brauche wieder, Zettel könnt ihr behalten.

Ciao!

Was ist da los?

?

Komisch ...

Hier ist nichts!

Alles klar, Sandro! Steig wieder ein!

Das war knapp!

Los, wir fahren zur Kaffeekanne! Lagebesprechung!

WROMM!

Die Kaffeekanne war das Geheimversteck der drei ???. Sie lag etwas außerhalb von Rocky Beach. Früher diente sie als Wassertank für alte Dampflokomotiven.

Zum Glück wurden wir eben nicht gesehen!

Seid ihr euch da wirklich so sicher?

Leise! Da unten ist jemand!

PSSST!

Mist! Du hast recht!

FFFFH!

Schnell! Licht aus!

Ich gucke mal durchs Astloch in der Bodenklappe!

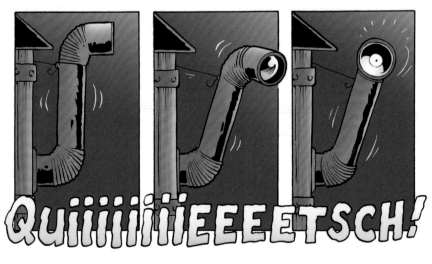

Verdammt!
Es sind wirklich drei!

Zwei Männer und eine Frau!

Die Frau habe ich auch bei der Versteigerung gesehen!

Okay! Jetzt schön langsam!

Alles klar! Ich mach das Boot fest!

73

Sieht aus wie auf dem Zettel aus Giovannis Buddelschiff!

Ja, eine Windrose! Sie zeigt in alle Himmelsrichtungen!

Moment mal! Das Foto ...

Ich hatte es ausgedruckt!

Hier! Aber was soll der Punkt in der Mitte bedeuten?

Ich check das mal!

HHHHHHH...

FFFFUUUUUHH...

Und dahinten treibt ein Boot!

OH NEIN!

Es ist die Mathilda!

Langsam verstehe ich alles!

Die gespannte Kette ist eine Art Stolperdraht im Wasser!

Ein Stolperdraht für Schiffe!

Natürlich! Vorbeikommende Schiffe fahren gegen die Kette und kentern!

Die Besatzung rettet sich und die Ladung wird an Land gespült. Die Diebe brauchen sie nur einzusammeln. Das sind ...

STRAND-PIRATEN!

ÄCHZ!

KEUCH!

UFF!

SCHRABB!

In letzter Sekunde!

Ja! Super gemacht!

Und? War ich noch rechtzeitig?

Ja! Die winken immer noch ...

... und wissen gar nicht, was für ein Glück sie hatten!

DAFÜR HABT IHR DREI PECH!

Scheint so, als wärt ihr auch hinter das Geheimnis des Leuchtturmwärters gekommen!

Steht alles hier in seinem Tagebuch!

Was für ein Geheimnis?

Tu nicht so blöd, Brille! Die Buddelschiffe! Wir haben alle auf der Auktion gekauft!

?!

Fast alle, Bill!

Die zwölf Buddelschiffe verraten, was die Schiffe geladen hatten. Aber nur auf der Zentralkarte sieht man, wo die Wracks liegen!

Und diese Karte habt ihr!

Jetzt gehen wir auf Schatzjagd!

Und weil wir so ungern nass werden ...

... seid ihr dabei und taucht nach dem Wrack!

GRAPSCH!

Mitkommen! Wir machen eine Bootsfahrt!

Los! Rauf aufs Boot!

Die Wracks mit Tabakkisten und Wein interessieren uns nicht!

Aber das Silber der Aurora! Wir haben jetzt die genaue Position des Wracks.

Zum Glück konnte der alte Knacker nicht schwimmen. Sonst hätte er das Silber selbst geholt. Steht alles im Tagebuch.

Wir sind da!

Maschine stopp!

Jetzt geht's auf Tauchstation!

RROOOOO...

Und kommt nicht ohne Silber hoch!

HA HA HA!

PLATSCH!!

BLUBB!

Na bitte! Volltreffer!

Wir sind reich!

Und was jetzt?

Na, was wohl?!? Ihr taucht wieder ab! Jeden Krümel Silber wollen wir haben!

Runter mit euch!

?

BLUBB!